吾輩こそ猫である

『인간들은 맨날』

by Choi Jin Young
Copyright © 2022 Choi Jin Young
Japanese translation copyright © 2023 by Jitsugyo no Nihon Sha, Ltd.
First published in Korea in 2022 by Wisdom House, Inc.
Japanese translation rights arranged with Wisdom House, Inc.
through Imprima Korea Agency

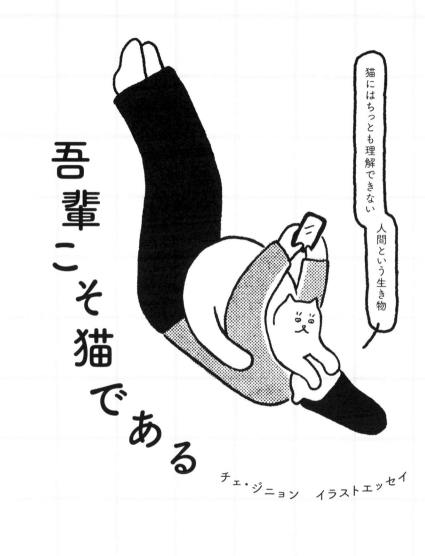

吾輩こそ猫である

猫にはちっとも理解できない　人間という生き物

チェ・ジニョン　イラストエッセイ

はじめに

これまで書きためた、
たわいないジョークと落書きを集めてつくりました。
慌ただしい日々の中で、
この本を読んでホッと一息ついてください。

＊一歩前に踏み出せなかったわたしに勇気をくれた担当編集者に、
感謝の意を表します。

005　はじめに

011
第1章：流されながら生きていくのが人間の魅力

013　なんでかニャ？
016　運命のTシャツ
020　それぞれのスピード
022　心の光合成
023　やればできる
024　自分コピー機
026　充電中
028　片づけられない人間
031　じっとしていてくれる？
032　無気力な人間の一週間
034　身動きできない
036　人生はキンパ
038　ほめられるのが苦手な人間
040　ホコリみたいな人間
042　メンタル応急処置
043　空気は読めないけど、
　　　仕事はできる

046　無計画に旅立つ方法
048　期待値
049　脳内ダンス
050　今日のコーヒー
052　溢れ返るわたし
054　短所コレクター
055　マッサージタイム
056　地面を掘るスキル
058　メドゥプ式抱擁
059　未来のわたしへ
061　見たいように見てください
064　ヒットソング
066　小さな器たちの集まり
068　とがった人間
069　人生の流儀
071　ナスりつけあい
072　NO JAM
074　消えてしまいそうな予感
076　四柱推命
077　どけて

078 メンタル応急処置2

079 酒と自己反省

080 アイスクリーム式ストレス解消法

081 なんとなくここまで

082 WHAT'S IN MY BAG?

083 WHAT'S IN MY HEAD?

085

第2章：大事なのは、自分本来のかわいさ

087 魅力

089 SNS回転ドアに
閉じ込められた人間

090 飛べるなら

092 リラックスしてください

094 オーダーメイドサービス

096 完璧なバランス感覚

097 他人に嫉妬しない人生

098 アボカドは待ってくれない

100 じめじめした考え

102 星を植える人間

103 文具瞑想法

106 てきぱき

107 通勤ラッシュのエスカレーター

108 つんつん

109 ムダな約束

110 ネコ薬剤師

112 日常の中のコアトレーニング

114 ごつごつした地面に
寝転んで考える

116 爪を食べるネズミ

118 血中にんにく濃度

120 睡眠の守り神

121 やらないだけ

122 玉ねぎみたいな人間

124 絶えず余計なことを考える
のが人間

126 なにをしているんだ

127 生と死のはざま

128 意味を与える

131　やわな人間
132　よく休む方法
135　週末を引きとめたい人間
136　寝転がる人間1
137　香る人間
138　ネズミの穴
140　絶え間ない証明
143　真心のティーバッグ

144　銅鑼（ゴング）
146　最善
148　衝動を抑える方法
151　惜しみなく与えるりんご
154　華やかなおかず
156　着る服がない
158　流れに身を任せる
159　考えごとの連鎖

161

第3章：微笑ましいほどの軽いタスクでも、積もれば重い

163　微笑ましいほどの軽いタスク
164　人間たちは毎日
165　冬の人間
166　頭が丸い理由
168　猫が高いところに座る理由

170　グッドアイデア
172　バランス
174　スランプ
175　ムードメーカー
180　よりどころ
182　老害
183　粘り強さと諦め
184　うまくいく家
186　寝転がる人間2
187　猫の舞、ニャンニャンダンス
188　ファイティン（ファイト―！）
190　目の前の利益
191　家に帰りたい

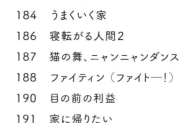

192　お前になにがわかる
194　片づけの魔法
195　バカ正直
196　心の冷蔵庫
198　大げさな愛の実験
200　散歩用ヘアスタイル
202　確信と信頼
204　漢字の勉強
206　スイカの皮をなめる
208　食パンのレシピ
210　失言
212　未練
214　焼きたての食パン
215　深甚な謝罪

216　アナログ世界へようこそ
217　けんかするほど仲がいい
218　俗世の味
220　適量
224　この業界
225　花輪みたいな人間
226　典型的な味
228　水が入ってきたら、オールを漕げ
229　洗濯物のなる木
230　あげたい気持ち
232　究極の治療法
234　悟り
236　バランスをとる
237　黒歴史

239　おわりに

第1章：流されながら生きていくのが、生身の人間の輝きだ

なんでかニャ？

とにかく、人間の言い訳も聞いてみよう！

流されながら生きていくのが
人間の魅力って言うのかな。

遊ぼ〜。

めちゃくちゃだな…。

なぜか猫の歩みは速まった。

運命のＴシャツ

やっほ〜
ついに売れたぞ。

運命のTシャツに
出合えて
幸せだな〜。

運命に思えたのは

自分だけの錯覚かもしれない。

それぞれのスピード

目標に向かって全力疾走する人。

マイペースに確実に歩を進める人。

みんな一生懸命、前に進んでいるから、
じっとしていると後ろへ流される
ランニングマシーンの上にいる気分だ。

それでも…
遅いからこそ、見ることができる景色もあるみたい。

近所を散歩するときは、

誰しも同じようなスピードで歩いているように見えたのに、

みんないつの間に、

素敵で新しい場所に行っちゃったの？

心の光合成

しなしなになった心にも
光合成は必要なんだ。

年を重ねれば重ねるほど、

季節の変化と陽の光の重要性を感じる。

曇りや日が短い日には、「今日はイヤな感じがするな」という気分で

一日がスタートしたりもする。 天気のいい日、

日光をたっぷり浴びて保存しておけたら、どんなにいいだろう。

やればできる

<先延ばしのコツ>
「やればできる」と「やらないだけ」が力を合わせると
どんな潜在能力も封印できるらしい。

自分コピー機

今日も自分をコピーして
なんとかやり過ごした…。

今日もキマってる！

コピーしたみたいに代わり映えのない日々。
なかなか良くならないと感じたとしたら、
「今日の画質のほうがクリアかも」と目を凝らしてみて。
わずかな違いが与えてくれる喜びを感じてみよう～。

充電中

「充実した一日を送るぞ」と意気込んでいた人間は
一日中、スマホばかり見ている。

充電中だって…

充電中…

あとちょっと…。　　　　　　　　　　　人間はエネルギー
　　　　　　　　　　　　　　　　　　　効率が悪すぎる。

もしも人間に、電化製品のように

エネルギー消費効率等級のラベル（※）をつけるなら

きっと"わたし"は、ランク外かもしれない。

※電化製品への付着が義務づけられていて、最高級1〜5で等級を表したもの。

片づけられない人間

大掃除の時間

必要のないものは
スパッと！ 捨てよう。
決断力が大事だ！

プレゼントでもらった
ぬいぐるみ。

それはなに？

これは…
壊れた時計から
取ってきたハトだよ…。

なつかしい…
10年前の手紙だ。

ムダなものをすっかり処分しなきゃと決心して

放置された段ボール箱を開けると、小さな木彫りの

ハトが入っていた。このハトはと言うと…

ある日、道端に捨てられていたハト時計を見つけた "わたし" は

なつかしい思いで、

扉をそっと開けてみた。

掃除する前より
汚くなった気がするけど…。

うわぁぁん …
やっぱり捨てられないよ…
もっとよく見える
ところに飾るんだ。

すると緑の羽にコーラルピンクのくちばしをした、

小さなハトが顔をのぞかせていた。

嬉しくなって、壊れた時計からハトを取り出して

「新しい家を作ってあげなくちゃ」、

そう決めてから数年の月日が流れた。 こうやって、

感傷と思い出に浸っているから片づけられないのだ。

じっとしていてくれる？

無気力な人間の一週間

MON

TUE

WED

THU

週末、ひときわ自由だった "気持ち" が

月曜日だからと言って、おとなしく元の場所に

戻ってくることはめったにない。

FRI　　SAT

SUN　　EVERYDAY

どうにかなだめて座らせておくと、いつの間にかまた

金曜日に向けて浮ついてくる。いつになったら、

穏やかな気持ちで月曜日を迎えられるのだろう。

身動きできない

なにもかもよく見えて
あちこち目を向けているうちに

年を重ねるほど、好きなものに対する情熱が冷めておぼろげになり、

嫌いなものは具体的で鋭くなる。

だからだろうか、好きなものはなかなか説明できないのに

身動きできなくなるのが人生さ〜。

嫌いなものは、いくらでも説明できるようになった。

嫌いなものは軽く流して

好きなものをとことん好きにならなくちゃ。

人生はキンパ

もし、死ぬまで同じものしか食べられないとしたら

悩むことなくキンパを選ぶだろう。幼いころは、

遠足のような特別な日にだけ食べられたからだろうか、

"わたし"にとってそれは完璧な食べ物で

大人になった今でも、断面の中に陰陽五行（※）が詰まった

調和のとれた食べ物だと思う。

人生も、好きな人と好きなものだけを入れて

くるくる巻くことができればいいのに。

※古くから韓国料理で大切にされてきた概念。
赤、緑、黄、白、黒色の食材をバランス良く食べることで、満遍なく栄養素がとれると考えられている。

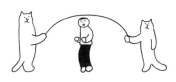

ほめられるのが苦手な人間

わ〜
素敵だね〜。

ほめられちゃった！

なんて答えよう…

ううん！
ただのゴミだよ。

？
どうしてそんなこと
言うのさ!?

ほめ言葉を素直に
受け取れる人間になろう!

今日も
かわいいね。

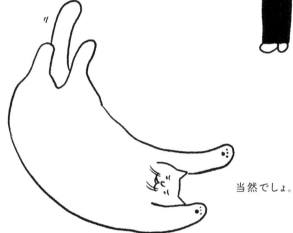

当然でしょ。

小心者にとって、ほめ言葉というのは

言われたときは恥ずかしくて恐縮してしまうけど、

思い返すたびに勇気をくれるものだ。

ホコリみたいな人間

誰だって、叩けばホコリが出るものさ。

ぼくは特に、ホコリまみれだけどね。

ホコリみたいな人生だった…！

有名人になって、過ちをとがめられるところを

想像したらゾッとした。

叩けばホコリが出ると言うけど、

“わたし”は素材からしてホコリっぽい服を着ている。

やっぱり、あまり有名になり過ぎるのも

考えものかもしれない。

メンタル応急処置

また、おセンチに
なろうとしてる。

人間関係ってなんだろう。
人生ってなんだろう…。

そんな感傷的になってないで
センチメートルでも測ったら?

カカオトーク（※）の
プロフィール写真でも
変えようかな。

※韓国で主流の無料通話＆チャットアプリ。

空気は読めないけど、仕事はできる

ふふっ　　クスクス

プスーッ…

友達と並んでテレビを見ていたときのこと。

こっそりおならをして何食わぬ顔をしていたら

空気清浄機の赤いランプがついて、

モーターの音が大きくなるではないか。

気まずい静けさの中、

空気清浄機の稼働音だけがやけに大きく聞こえた。

空気は読めないけど、仕事のできる空気清浄機だ。

無計画に旅立つ方法

もう、疲れちゃった。

期
待
値

期待に沿うというのは難しいものだ。

脳内ダンス

誰にもバレないように脳内パーティー中

携帯電話ショップの前を通りかかると、低音質のスピーカーから

けたたましい音量で流行りの曲が聞こえてきた。

うるさいなぁと思いながらも、体はリズムに合わせて歩いていて

なぜかプライドが傷ついた。

今日のコーヒー

今日中に終わらせるには
コーヒーが必要だ。
頭よ、起きるのだ！

なんだって　　　　　　　　できそうな気分

アイデアがどんどん浮かぶぞ！
カフェイン最高！　コーヒー最高！

今日もコーヒーの力を借りて、やらなきゃいけないことではない、
別のことをウキウキと始めちゃいました。

優先順位を決めて仕事をしようとは思うけど

コーヒーを口にした瞬間、抑えていた画期的なアイデアたちが

どんどん溢れてきて、優先順位を踏みつけていく。

今日できなかったタスクは、明日のコーヒーに任せよう。

溢れ返るわたし

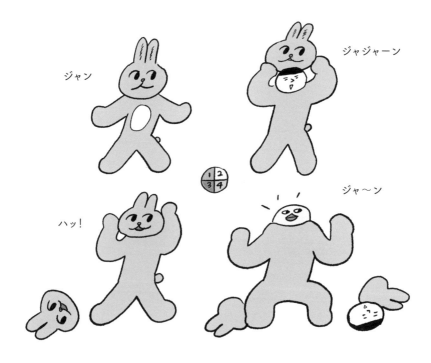

様々なぼくを見せてあげよう〜。

短所コレクター

OK

凝ってるところを
ぜんぶほぐしてね。

おわり

肩がよく凝る。タイ旅行をしたとき、マッサージ師が

「凝ってるね〜」と言いながら気の毒そうな顔をしたほどだ。

ふにゃふにゃ過ぎる人もどうかと思うけど、肩くらいは

柔らかくなるまでほぐして、理想的な硬さで生まれ変わりたい。

地面を掘るスキル

ぼくはどうして　　　　いつもこうなんだろう…

無力だ。
なにもできやしない。

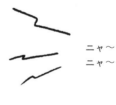

ニャ〜
ニャ〜

- -

メドゥプ（※）式抱擁

ぜったいに外れないメドゥプ式抱擁。

※韓国に伝わる伝統的な組み紐。

未来のわたしへ

明日のぼくへ、
助けてくれる？

今日は遊ぶね。
先に礼を言っておくよ。

一週間後のぼくへ、
きみだけを信じてるよ。

今日は全然
やる気にならなくて〜
明日の朝早く
やればいいだろう。

いつだって、幸せな未来よりも、だらだら過ごす今を

優先してしまうのはなぜだろう。

過去の自分が使った魔法のカード払い。

利息が増えるような失敗をしても、懲りずにまた使ってしまうのだ。

見たいように見てください

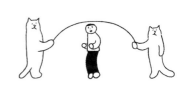

－タンッ！

見たいように見てください。
わたしは我が道を進みます！

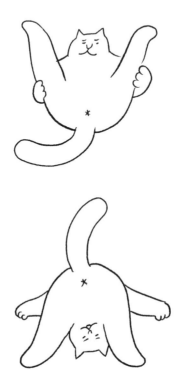

でも猫は逆さまに見てもかわいい。

ヒットソング

自ら進んで聞いたことはないのに
どういうわけか昔から、気づくと口ずさんでいる歌がある。

口ずさみながら家事をしていると
だんだん自分に酔ってきて

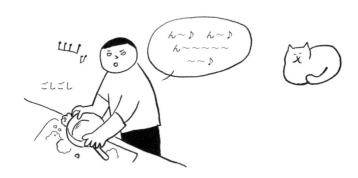

ああぁ～♪

だんっ!

シャーッ!!

ジャアァァ

いつからそこにいたの?

ったく

誰にも見られていませんように。

いつかは大きな器になると思っていたけど、
用途に合った小さな器も悪くないと思う。

もう、ろくろから降りるわ。

幼少期、大器晩成という言葉に希望を抱いていた。

「いつか」大成することを願っていたころ、

陶芸工房でろくろを回していて気がついた。

大きな器を作ろうとすると重心がぐらついて崩れやすいこと、

日常生活では小さな器のほうが有用で、

小さな器たちの集まりで会おう。

子どものころから母さんに
「お前は大器晩成型だ」って
言われてたんだけど、
ただの小さな器だったよ。

ぼくも〜
大きな器かと思ったのに
しょうゆ皿だったんだ。

"わたし"は小さな器を作るのが好きな人間だということに。

なによりも、陶芸の授業のたびに

使い道のないおかしな形の小さな器を作り出していた。

作ったものがこんな具合なのに、自分自身が大きな器であることを

願うのは、やはりナンセンスではないだろうか。

とがった人間

適度に丸みを出したほうが
長持ちします。

一心不乱にガシガシと木を削り、芯を研磨したら、

書くのがためらわれるほどか細い彫刻品ができた。

人生の流儀

細く長〜〜〜く生きるよ。

編み物をしながら感じたことがある。

細く長く、編み目を作って伸ばしていく人生も

細やかでまぶしいと。

まじめに棒針を動かして素敵なセーターにならなくちゃ。

ナスりつけあい

そうだそうだ。

今回のことは
猫が悪いと思うぞ。

そうなのかな…。

NO JAM

毎日が型にはめられている
ような気がして、
やる気が出ませんか？
その理由は…

NO JAM

JAM（※）がないからです…

※JAM（쨈・ジェム）はおもしろいという意味のスラング。

JAM がたっぷりの
人生を送ってください。

消えてしまいそうな予感

肌寒いな。

寒さを感じ始めると、いつの間にか
年の瀬が迫っていることを実感する。

毛をもっと
生やさなくちゃ。

ぜんぶ消えちゃう前に
速く行こう。

春と夏の温もりが冷めてしまう前に、せっせと歩こう。

四柱推命

不確かな未来を占おうとする人間。
聞きたい言葉は別にあるようだ。

どんな言葉を
聞きたいんですか？

頑張らなくても自然に
うまくいく運命だと
言ってください。

お札も
書いてあげよう！

うまくいくニャ

どけて

うん、ありがと〜。

これ、どけてくれない？

メンタル応急処置2

おぉ〜珍しくそれらしいことを

言っていると思ったけど、

いつの間にか同じ言葉ばかり

くり返していたようだ。

アイスクリーム式ストレス解消法

ぜんぶ溶けてしまうまで
熱いお湯でシャワーを浴びよう。

こう答えたら不合格でしょうか… 何はともあれ、
流れついてきてこうしてお会いできて嬉しいです～。

WHAT'S IN MY BAG?

カバンの中身を紹介します。

へへ…

えんぴつ、カフェの紙ナプキン、レシート、小銭…
などがありますね。

あはは…

ついでに頭の中もお見せしましょうか？

猫！

それからゴロゴロしたいという願望

以上で〜す。

第2章：大事なのは、自分未来のためかな

まゆげが対称だろうとなかろうと、
そんなものは重要じゃない。
大事なのは、
自分本来のかわいさだ。

魅力というのは結局、

「強力な自己主張に魅了される」ということではないだろうか。

それが極太まゆげだとしても、

堂々とした態度なら魅了されてしまうのだ。

SNS回転ドアに閉じ込められた人間

あの中で、一日中なにをしているんだ？

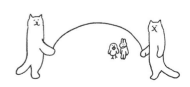

飛べるなら

わ～おもしろそう。

おっと
ポケットが
軽くなった。

昔、占いでこんなことを言われた。「40歳を超えると、

財布に入りきらないほどのたくさんのお金を稼ぐでしょう」

信じようが信じまいが、気分は良かった。

（そして、事実であってほしいと願った）

当時は、40代と言えば遠い未来だから忘れていたのだが

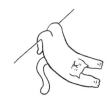

わ～
体が浮いた～。

数年後、ゲームセンターでゲームをしていて

ポケットがいっぱいになりお金が入りきらなくなる状況になった。

小銭を床に置き、ポケットを空にしなきゃと

あたふたしていると、占いのことを思い出した。

大変だ。こんなふうに運を使い切ったらダメなのに。

リラックスしてください

なんでそんなに
緊張してるんだ？

ほら、リラックスして〜。

ちょっとは緊張しろよ！

緊張と弛緩のあいだ、
中間がない人間だ。

オーダーメイドサービス

一日中、スマホばかり
見ていた人間のための
オーダーメイドサービス。

他の感覚も使えという意味で
嗅覚も刺激、ぶっ！

RELAX...

完璧なバランス感覚

ここから動かなければ、人生のバランスは完璧。

他人に嫉妬しない人生

最近はそれほど、他人に嫉妬しなくなった。

だけど、幸せそうに伸びている猫や犬を見ると

ときどき羨ましいと思う。来世はやさしい

飼い主を持つ猫に、生まれ変わりたい。

アボカドは待ってくれない

アボカドが熟しまし…

た！

アボカドが〜
熟しま〜し〜た〜

…あぁ？

あーっ！

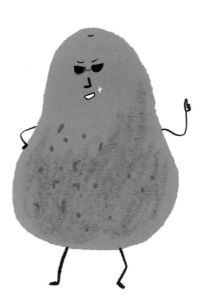

アボカドは待ってくれない。
時間も同じだ。

じめじめした考え

起きて！
洗濯しよう。

憂うつだな。
暗くて良くないことばっかり
考えちゃう。

梅雨の時期にタオルを洗ったら、とても臭くなった。

このタオルで体でも拭いた日には

濡れた洗濯物の一部になるところだった。

このにおいを色で表すなら、日光消毒できなかった

彩度の低い色だろうか。できることなら、

日差しを感じられるふっくらとした人間でありたい。

星を植える人間

4.0 ☆☆☆☆☆（397）

文具瞑想法

考えがまとまらないときは、紙とえんぴつを用意します。
それから

紙の中心から短い斜線をいくつも引きます。
頭の中が空っぽになるまで…。

少し心が落ち着きましたか？
では次に、斜線のかたまりを
こういう形で囲んでみましょう！

じゃーん！

しゃがんだ猫の　完成

てきぱき

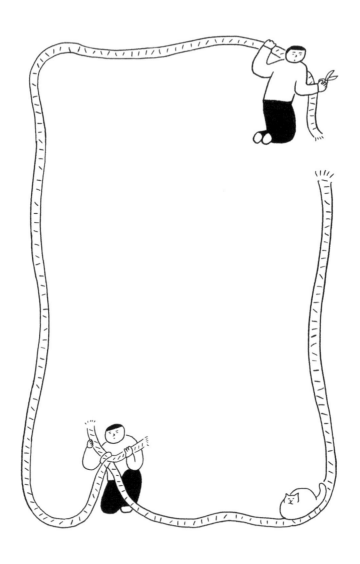

通勤ラッシュのエスカレーター

以前通っていた会社は、通勤に約1時間半もかかった。

ある日、地下鉄の乗り換え途中のエスカレーターが故障して

人の波に流されるように階段をのぼったことがあった。

そのとき、こんなふうに半自動で動くくらいなら

ロックライブのクラウドサーフ（※）のように

"わたし"を運んでくれ〜と悲鳴を上げたくなったのだ。

※観客の頭上をサーフィンのように転がる行為。

つんつん

つつくなよ。

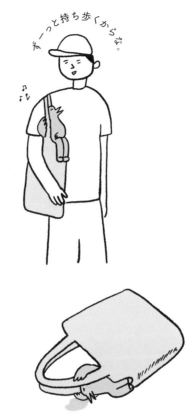

ミニマリズムに心酔していたころ、

なにかを買うたびにこれが最後だと誓っていたけど

買わなきゃいけない理由だけは、

次々に見つけられることに気づいた。

ネコ薬剤師

親身になって人間の相談に乗る猫の姿が、

聞き役に徹する "わたし" の姿と重なった。

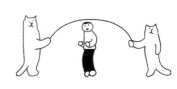

日常の中のコアトレーニング

立派なドリップバッグに
なるには
中心が重要なのさ！

花を咲かせるのに
大切なのは
栄養剤より根っこの中心よ。

バランスを失っているのは体だけど
ぶれているのは結局、あなたの心なのです。

コアを鍛えよう。

ごつごつした地面に寝転んで考える

色々とやることが
溜まってしまったら

ひとまず
覆ってしまおう。

そして、その上に
寝転がって

物思いにふける。

世界はこんなにも綺麗なのに
仕事なんかやってられるか！

やるべきことや悩みが心の片隅に溜まっているけど、

やれやれ、という気持ちで編み物をしている。

爪を食べるネズミ

子どものころに読んだ、どこで爪を切ってもネズミが拾って食べて

主人のフリをするという童話（『爪を食べたネズミ』）は

幼心にも気味が悪かったものだ。

ぼくにだって、選ぶ権利はあるよ。

しかし、だらしない大人になった最近は

「なるようになれ。"わたし"の代わりに仕事をさせたらどうだろう。

財テクならぬ『爪テク』で爪を増やせたらいいのに」

と考えるようになった。

血中にんにく濃度

どれだけのにんにくを食べれば
一人前の人間になれるんだろう？

韓国人は血液の中のにんにく濃度が維持できないと
人間の役目をまともに果たせないんだって。

睡眠の守り神

やらないだけ

今日はこのまま寝るけど
明日は必ずやってみせる。
ぜったいに！

どうしても今日
やらなきゃいけない
決まりはないし…。

その気になれば
すぐできるさ〜
やらないだけ。

「やればできる、やらないだけ」とくり返すのは、

いつか箱を開けたときに直面する

ちっぽけな能力にガッカリしないためだ。

玉ねぎみたいな人間

これなんだろう？
気になるニャ。

もう諦める。

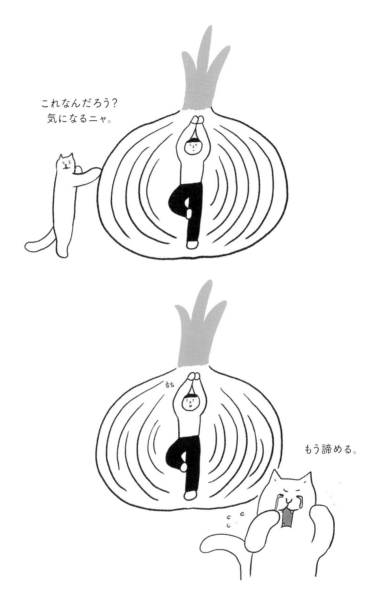

いい意味で、剥いても剥いても出てくる人になりたい。

次の皮を剥いて出てくるまで、

見守ってくれる人がいたらの話だけど。

絶えず余計なことを考えるのが人間

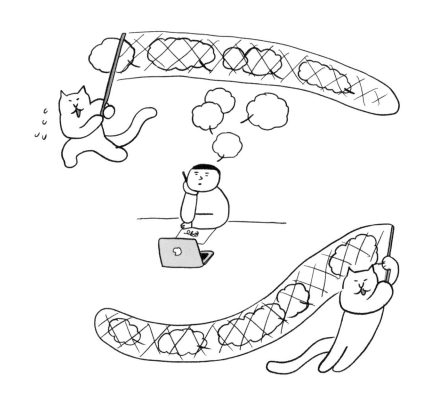

人間は絶えず余計なことを考える。

猫の苦労も知らないで…。

働きたくない体を無理やり座らせたときに

頭をよぎる余計な考えたち。"わたし"はこれを

ブレーンストーミング（※）と言うことにした。

※複数の人が自由にアイデアを出し合う会議方法。

なにをしているんだ

生と死のはざま

もう殺して…

あるいは

助けてくれ〜を

くり返す日々。

意味を与える

意味！ 意味！

こんなことに
なんの意味があるって
言うんだ！

やわな人間

もう見ないでよ…。

見られただけで
ふにゃふにゃに
なるんだから。

ふにゃ

よく休む方法

やった〜休暇だ！
どうすれば、よく休んだって
噂になるかな？

最高の休みに
してみせる!

「なにもせず休む」方法を
忘れてしまった人間であった。

週末と平日が同じ24時間という事実を
今だに受け止められないでいる。

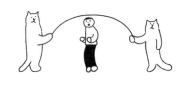

寝転がる人間１

香る人間

最近は、良く見られたいという願望よりも

怠けたいという欲求が勝る。

香りを振りまく健気さに、拍手を送りたくなった。

ネズミの穴

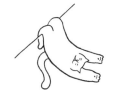

ネズミの穴では今より役に立てるかな？

絶え間ない証明

いつまで証明しなきゃならないんだ？
まったく、終わりがないな。

気のせいかな？

やっぱり気のせいだったのか…。

真心のティーバッグ

真心が
にじみ出てない
じゃないか。

SNSで「いいね」を押すのかどうかの厳格な基準はない。

むしろ、あまりに心のこもった「いいね」はちょっと重いかも。

銅鑼（ゴング）

言いたいことがあったら
これを鳴らして。

…OK!

"わたし"の心の中では今日も、銅鑼が鳴り続けている。

最善

ワ〜オ

衝動を抑える方法

割れやすいグラスを洗うとき、
二つの感情が渦巻く。

慎重に
洗わなくちゃ。

思い切り握ったら
割れるよね？
ぜんぶ割っちゃおう
かな。

あれこれ妄想しながら
皿洗いを終えるころ…

猫がやらかした。

導かれるままに行動して
後悔のない人生…。

惜しみなく与えるりんご

みんな、おいしいところだけ
持っていっちゃった。

次からは自分の分もちゃんと確保するんだぞ、人間。
もちろん猫の分もね。

華やかなおかず

食事中にテレビをつけた。

テレビを消した。

もう一度テレビをつけた。

着る服がない

着る服がひとつもない…。

服じゃなけりゃ、
あれはなんだ？

生涯、同じ服を着続けている猫にはわかるはずがない。

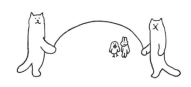

流れに身を任せる

流れに身を任せていたら、船は山に登ってしまった。

考えごとの連鎖

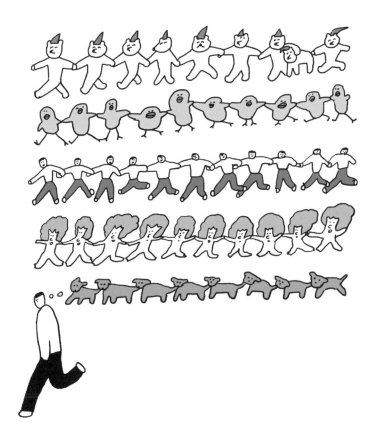

第3章：微笑ましいほどの軽いタッチでも、積み重ねれば、いつしか大きな重荷に。

微笑ましいほどの軽いタスク

会社を辞めたあと、自分探しの旅に出ると決めてから早4年。

ぐうたら過ごしていたら、自分自身を省みるどころか

フリーランサーになってしまった。心と体はそもそも別々だと

いうことを、少しのあいだ忘れていた。「覆水盆に返らず」とは

言うけど、"わたし"は今日もどうしようもなく小さなコップを持って

過去の自分がこぼした水をすくいにいく。

人間たちは毎日

冬、厚着をした人間たちの間に挟まれば

楽に移動できる。

冬の通勤ラッシュはダウンジャケットやファー、

それから人間たちの体温でぽかぽかしている。

頭が丸い理由

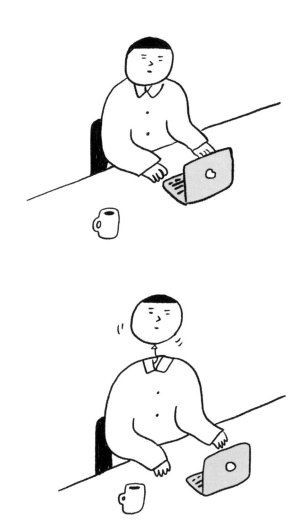

体も心も
自由でありたい〜。

猫が高いところに座る理由

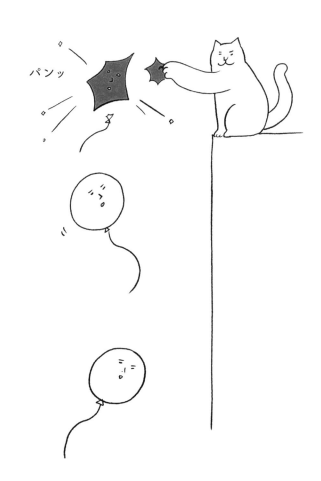

はっ!
一瞬、意識が飛んでた。

グッドアイデア

いいことを思いついた！

なになに？

それは…！

飛んでいった…。

シャワーの最中にパッと現れて、

泡と一緒に流れて消えてしまうもの。

それが、グッドアイデアだ。

バランス

適度にバランスをとりながら生きていくのは
ものすごく大変だ。

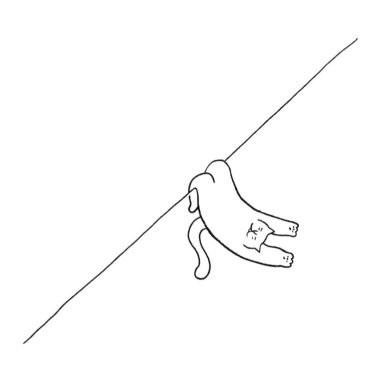

ロープの上を歩くだけでもすごいニャ。

スランプ

スランプに陥って、1000回以上も空回りした結果

少しでも違う方法を試さなければ、同じ場所を

ぐるぐる回るだけだということに気がついた。

沈黙が訪れた瞬間、人間は…

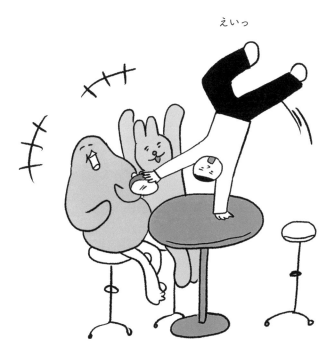

えいっ

道化師になる。

与えられた時間、
全力で会話の空白を埋めたあと…

今日は楽しかったね。

まったく

ぼく、沈黙に耐えられないから…。

抜け殻になって戻ってくる。

よりどころ

大して頼りがいはないけれど…。

老害

ひときわ声の大きい二人組が、ひとしきり

もっともらしい話をしたあと、こんなことを言った。

「まぁ、俺たちは老害じゃないけどな」

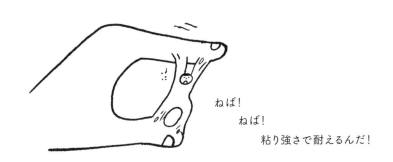

ねば!

ねば!

粘り強さで耐えるんだ!

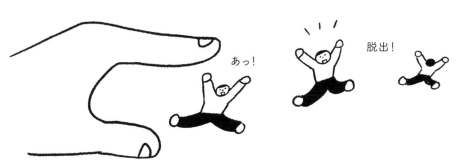

あっ!

脱出!

「いつまでやらなきゃいけないの…」とブツブツ言いながら

学生と会社員生活を終えた。ところで、思い切って諦めると

スッキリすることもあるって知っていた？

うまくいく家

ある日、トイレットペーパーの会社にメールを送ってみた。

便器にじっと座って平和なトイレットペーパーの

模様を眺めているときに思い立ったのだ。

「うまくいく家」「金持ちになる家」（※）という商品名に合わせて

※それぞれ未来生活、モナリザという企業から発売されている商品。

ストップ！

今のは取り消すから！

一段と運気がアップするようなイラストを

描く自信があった。だが、残念なことに

そのような計画はないという返事をもらった。

まぁ、少しずつ前に進めばいつかチャンスが訪れるだろう。

寝転がる人間2

"わたし"は旅行先でも、観光地を一日中歩き回るより

ホテルに戻って昼寝をすることが多い。

いつになったら、重力から解放されるのだろうか?

今日も、横になるのにちょうどいい

眺めを求めて、色々な姿勢で寝転んでみる。

猫の舞、ニャンニャンダンス

ファイティン（ファイトー！）

研究の結果、大多数が
「実際には力が出なかった」
と答えたらしい。

そうか～。

実際にやってみると、自分でも騙されるので

ときどき唱える言葉。「ファイティン！」

目の前の利益

目の前の利益に目がくらみ、
未来を見通せない人にはならないで。

フリマサイトで詐欺に遭ったことがある（泣）。

けだるい金曜日の午後4時ごろ、突如現れたその商品は

定価より30万ウォン（※約3万円）も安い、未開封のiPadだった。

慌てて入金したあと、不安が押し寄せてきた。

占いアプリを見てみると、今日の運勢は50点。

「できるだけ金銭のやりとりはしないこと」と書いてあった。

送り状の控えを送ると言っていた販売者からは連絡が途絶え、

"わたし"は金曜日の夜、警察署で被害届を書いて

散々な一日を終えた。

お前になにがわかる

まぁまぁ〜
あんまり気にすることないよ。
うんちを踏んづけた
ようなもんさ〜。

あぁ、こんなしょうもない慰めを聞くために

この話をしたのだろうか？ 自然と後悔が押し寄せる。

片づけの魔法

ありがとう。
元気でね〜ぼくの家。

バカ正直

一日中、ひと言も話さなかった。

心の冷蔵庫

傷ついた言葉を適当な容器に詰めたら

心の冷蔵庫に入れておいて、
好きなときに取り出して咀嚼する。

他人に言われた言葉の中で、一番長いあいだ

心に刺さっていたのは「いい人ぶるな」という言葉だ。

しばらく寝かせて発酵させ、考えた末にこう結論を下した。

フリでも、しないよりマシじゃないか。

大げさな愛の実験

LOVE　　　　HATE

母にSNSのアカウントを教えたのは間違いだった。

LOVE　　　　　　　　HATE

ある日、すべての投稿に「いいね」を押した

正体不明のアカウントが母だと気づいた瞬間、

適度な距離があったころに戻りたくなった。

散歩用ヘアスタイル

気分転換に近所の美容院で髪を切った。

仕上げに渾身のヘアセット。

美容師さんの「どこかへお出かけですか？」という質問に

"わたし"は家に帰るでも、約束があるわけでもない、

曖昧な返事をしたのだが

それを聞いた美容師さんは、前髪やサイドをクルクルと

巻いてくれた。平凡なTシャツとは対照的な、

どう見ても頭部だけをはめたような姿。

急ぎ足で帰宅して、髪を洗った。美容院と家の距離が

あれほど遠く感じられたのは、初めてだった。

確信と信頼

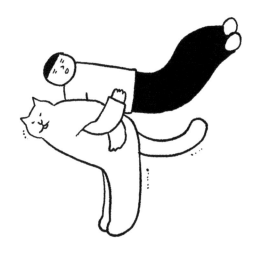

恥ずかしい過去だが、

生徒会長選挙に出馬したことがある。

学年が上がるにつれて、学級委員長より、

新設された会長職に惹かれた"わたし"は

転校してきたばかりで友達もほとんどいないくせに

ふいと出馬したのだ。開票結果は1票。

"わたし"が"わたし"に入れた票だった。

それでも、隣の席の子は信じていたのに…。

漢字の勉強

スイカの皮をなめる（※）

※物事のうわべだけを見るということわざ。

食パンのレシピ

ここに大きな食パンがあります。
どう食べたら、一番満足できるでしょうか？

寝転がるのが一番です。

失言

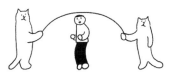

未練

じゃあね！

買えなかったものに対する未練を垂れ流す前に

すぐに購入して関係を深める大人になってしまった。

焼きたての食パン

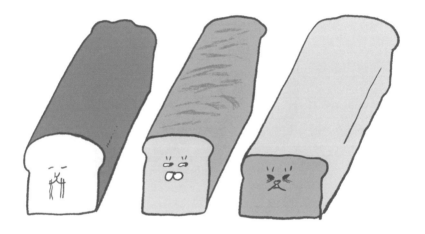

※韓国の猫好きの間では、猫が丸まった姿を「食パンを焼いている」と表現する。

深甚な謝罪

深甚な謝罪の意を
表します。

つづいて…
愉快なオレンジからの
お話です。

※韓国語の사과（サグァ）は、「謝罪」「リンゴ」の意味を持つ同音異義語。

アナログ世界へようこそ

> アナログの
> 世界には
> どんな用事？

けんかするほど仲がいい

この猫め!!　　　この人間め!!

はい…
いつの間にか
ほどけなくなって
しまいました。

俗世の味

平穏だな。
心が落ち着く。

ちょっとだけ世間の
様子を見てみようか？

また入ったのか…。

出られないよ〜！

休暇で東海（トンヘ）に行ったのだがスマホを見る暇がなく、

しばしSNS離れをした。風景に集中して、

写真も撮らなかった。

海を心いっぱいに収めた。

ところが、家に到着しベッドに寝転がって

SNSアプリを開いた瞬間、現実世界に引き戻されてしまった。

適量

パスタ1人前ってどれくらいだっけ？

500円玉の
大きさでしょ。

これ…くらい？

これぐらいかな…？

多すぎた。

この業界

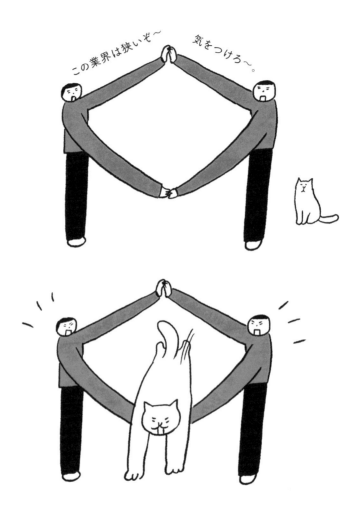

なんの影響もなかった。

花輪みたいな人間

どこにでも無難に溶け込めて歓迎される、

花輪みたいな人になりたいと思った。

でもよく考えたら、花輪のように派手なのに

存在感のないものになんてなれる気がしなかった。

典型的な味

いらっしゃいませ！

おもしろさと感動が
あって、見た目にも
美しいものを1杯
お願いします。

あっ！ 甘くして
くださいね。

それからウィットも
入れてください。

お待たせしました！

サンキュ！

パッとしない
味だな…。

…

まったく記憶に残らない1杯だった。

水が入ってきたら、オールを漕げ（※）

※干潟に船が乗り上げられて身動きがとれなくなったら、潮が満ちるのを待って海に出ろという意味。「チャンスを逃すな」というメッセージが込められている。

洗濯物のなる木

規則正しい生活を送るのは偉大なことだ。

締め切りが重なっただけで溜まる洗い物が、

干したままの洗濯物が、冷蔵庫の中で干からびる食材が、

放置されないようにする偉大さよ。

あげたい気持ち

究極の治療法

はぁ、
首が痛い。

イタタ
腰が…。

現代社会では、人間はどこかしらが曲がっていたり、
ボロボロだったりするもの。

心配しないで。
猫が綺麗に伸ばしてあげるから。

悟り

悟りは案外、近くにあるんだ。
ガイコツに溜まった水を飲んだ
元暁大師（※）を見ればわかる…。

そうだ。

※唐に向かう道中、一夜を過ごした洞窟で喉を潤すために飲んだ水が、実はガイコツに溜まった水であることを知り、
「すべては己の心の中にあるのみ、事物自体にはきれいも、汚いもない」という悟りを得た。

ガイコツを利用したカクテルバーを開こう。

食事中、テーブルの上のコップを見て

「これはサイダー？ 飲んでもいい？」と聞くと

友達は首を縦に振った。頭の中で甘い炭酸水の味を思い出して

口をつけると、サイダーの香りが広がった。

「炭酸が弱いな」と感じると同時に悟った。水であることを。

バランスをとる

ぐらついているのは、あなたの心です。

黒歴史

惨めな黒歴史を
ぜんぶ消したい。

俺ら抜きで今のお前に
なれると思うのか？

猫には黒歴史なんて
ないけど？

おわりに

お出口はこちらです。
置き忘れた心はないか、ご確認ください。

NO EXIT

チェ・ジニョン／著

イラストレーター。日常でのアイデアをまとめて落書きに描く。落書きを心の筋トレだと思い、「健康にいい落書き」活動をしている。

中川里沙（なかがわりさ）／訳

1990年、東京生まれ。大学在学中に韓国文化に興味を持ち、韓国語の勉強を始める。韓国企業での勤務を経て、現在はフリーランス翻訳者として実務翻訳やウェブトゥーン翻訳に携わる。韓国在住。

吾輩こそ猫である

2023年2月12日　　初版第1刷発行

著	チェ・ジニョン
訳	中川里沙
発行者	岩野裕一
発行所	株式会社実業之日本社
	〒107-0062
	東京都港区南青山5-4-30
	emergence aoyama complex 3F
	電話（編集・販売）03-6809-0495
	https://www.j-n.co.jp/
印刷・製本	大日本印刷株式会社
装丁	吉田憲司＋矢口莉子（TSUMASAKI）
本文DTP	加藤一来
翻訳協力	株式会社トランネット
編集	金 潤雅（実業之日本社）